Dieses Buch gehört

Liebe Eltern,

mit der Weltsprache Englisch kommt Ihr Kind im Alltag häufig in Berührung. Wir wollen es beim Englischlernen unterstützen.

Unsere Bücher mit der liebenswerten Bildermaus enthalten kurze Geschichten auf Deutsch und auf Englisch mit einfachen Sätzen sowie großer und leicht lesbarer Schrift. Hauptwörter werden durch kleine Bilder ersetzt. Lesen Sie die Geschichten vor und lassen Sie Ihr Kind die Bilder selbst benennen. Auf jeder Seite finden Sie eine Bild-Wörterliste mit den einzelnen Vokabeln. Mit dem Domino-Spiel können Sie die neuen Wörter gemeinsam üben.

Spielerisch Englisch lernen mit der Bildermaus – so macht Lesen Spaß!

Have fun!

Ihre Bildermaus

Bildermaus

Mit Bildern Englisch lernen

THiLO

Fußballgeschichten
Football Stories

Illustriert von Heike Wiechmann
Übersetzt von David Ingram

Loewe

Die ersten 20 Lebensjahre verbrachte **THiLO** in der Kinderecke der elterlichen Buchhandlung. Heute lebt er mit seiner Familie in Mainz und schreibt neben seinen Romanen auch Drehbücher fürs Fernsehen. Mehr über THiLO und seine Geschichten erfahrt ihr im Internet unter *www.thilos-gute-seite.de*.

Heike Wiechmann wuchs an der Ostsee auf. Nach einem Studium der Pädagogik und Illustration arbeitete sie als Spielzeugdesignerin und reiste dabei um die halbe Welt. Heute schreibt und illustriert sie Kinderbücher und lebt mit ihrer Familie in Lübeck. Mehr über Heike Wiechmann findet ihr auf ihrer Homepage *www.heike-wiechmann.de*.

FSC
www.fsc.org
MIX
Papier aus verantwortungsvollen Quellen
FSC® C018236

ISBN 978-3-7432-1093-6
1. Auflage 2021
Überarbeitete Neuausgabe des Titels *Bildermaus-Fußballgeschichten*

Ins Englische übersetzt von David Ingram
Umschlag- und Innenillustrationen: Heike Wiechmann
Umschlaggestaltung: Kathrin Tobian
Vignetten Bildermaus: Angelika Stubner
Reihenlogo: nach einem Entwurf von Angelika Stubner
Printed in the EU

www.bildermaus.de

Inhalt

Ein spannendes Spiel

Es ist die 89. 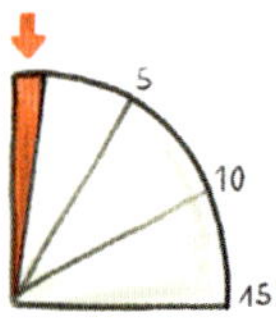

. Das 

steht 1:1. Borussia Rot-Weiß

hat ein  geschossen,

der FSV Bergdorf

auch.

An Exciting Match

It's the 89th 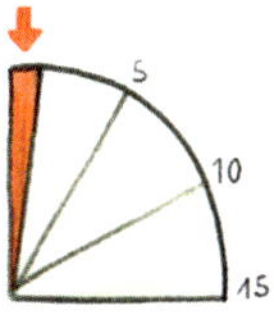 of the , and it's 1:1. Borussia Rot-Weiß have scored a , and FSV Bergdorf have as well.

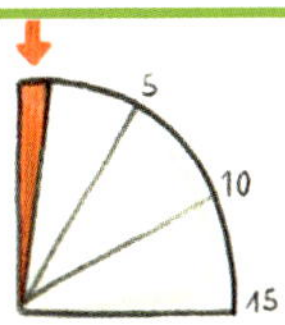 minute

 goal

 match

Wer heute gewinnt,

bekommt  für die ganze .

Till schwitzt wie ein .

Nur noch eine 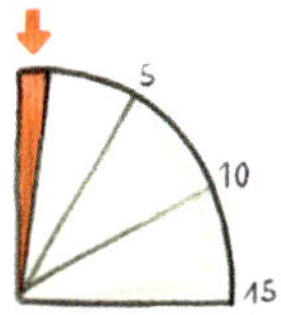

!

Keine  will mehr verlieren.

Whoever wins today will

get  for their whole .

Till is sweating like an .

Just one 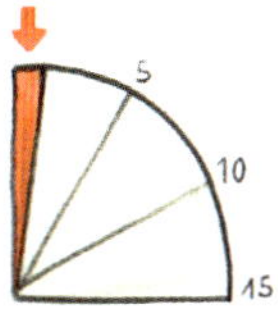

left!

Neither  wants to lose.

 gold medals

 ape

 team

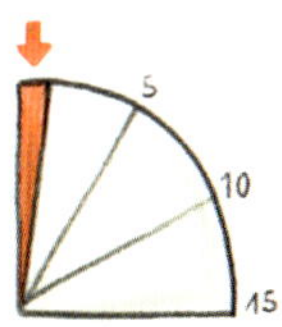

minute

Da schnappt Till sich den .

Er steht im . Das  ist

noch weit entfernt. Doch Till rennt

los. Er ist schnell wie ein .

Till gets hold of the .

He is standing in the .

The  is still far away.

But Till starts to run.

He is as fast as a .

	ball		goal
	centre circle		cheetah

Seine  jaulen. Aber Till

beißt die 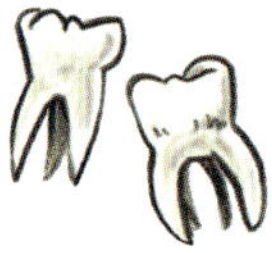 zusammen.

Er dribbelt um einen  herum.

Dem nächsten  schiebt er

den  durch die  hindurch.

His  really hurt. But Till grits his 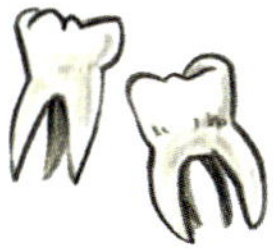.

He dribbles round a .

When he reaches the next , he kicks the  through his .

	legs		player
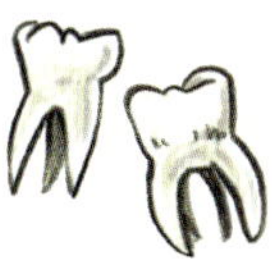	teeth		ball

Jetzt ist nur noch der  vor Till.

Till will schießen. Da trifft ihn

ein  am . Till brüllt.

Er fällt im . Der  pfeift.

„Das gibt !“, ruft er.

The only one left in front of Till now is the . Till wants to kick. But then a  hits his . Till roars. He falls over in the . The  whistles. "!" he cries.

 goalkeeper

 boot

 leg

 penalty area

 referee

 penalty kick

Alle in der  sehen Till mit

großen  an. Till legt den 

auf den . „Wenn der reingeht,

haben wir den !“, ruft Jakob

ihm zu.

The whole  looks at Till,  wide. Till puts the  on the . “If it goes in, we’ll win the !” Jakob shouts out to him.

 team

 penalty spot

 eyes

 cup

 ball

Till macht große 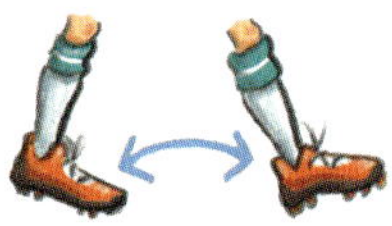 rückwärts.

Er schluckt. Das  ist plötzlich

so klein! Und der  so groß.

Till schnauft.

Till takes big 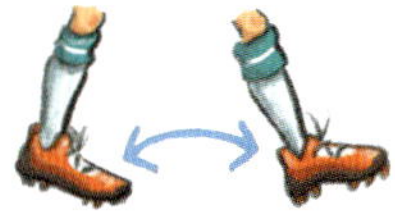 backwards.

He swallows. The  suddenly seems so small! And the  looks really big!

Till is wheezing.

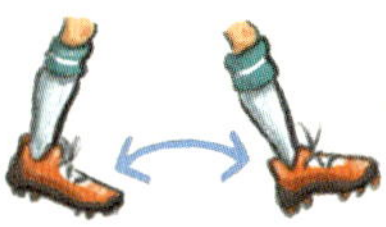 steps

 goalkeeper

 goal

Dann läuft er los. Er trifft den 

perfekt mit dem . Der 

macht sich lang. Doch den 

bekommt er nicht. „Ja! Gewonnen!“,

jubelt Tills . Till ist stolz

wie ein .

Then he runs forward. His 

hits the  perfectly. The 

stretches out. But he doesn't

reach the . "Yeah! We won!"

shouts Till's . Till is as proud

as a .

 boot

 team

 ball

 peacock

 goalkeeper

Jojo

Johann und Jonas sind

beste . Weil sie alles

gemeinsam machen, sagen alle

nur Jojo zu ihnen.

Jojo

Johann and Jonas are best . Because they do everything together, everyone just calls them Jojo.

 friends

Am besten sind Johann und Jonas,

wenn sie  spielen.

Jonas umdribbelt jeden ,

Johann haut jeden 

ins .

Johann and Jonas are at their

best when they play .

Jonas dribbles round every ,

and Johann kicks every 

into the .

	football		ball
	player		goal

Doch heute streiten die beiden.

Und das bei einem wichtigen  .

Johann hat sein  nicht

gewaschen. Überall ist  .

„So kannst du nicht spielen!“,

regt Jonas sich auf.

But today they are arguing –

despite an important  .

Johann has not washed his  .

It is covered in  .

“You can’t play like that!” Jonas

says angrily.

 match

 mud

 football shirt

„Ich spiele auch dreckig noch besser als du!“, motzt Johann zurück. Dann geht das  los. Als Johann den  hat, schießt er nicht zu Jonas. Alleine läuft er auf das  zu und schießt.

"I can play better than you, even when I'm dirty!" Johann grumbles. Then the  starts. When Johann gets the , he doesn't pass it to Jonas. He runs towards the  on his own and kicks.

 match

 goal

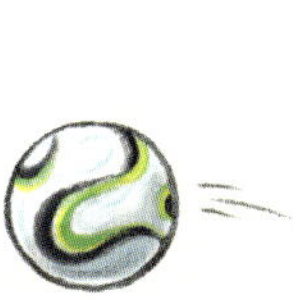 ball

Doch der  hält. „Du bist echt eine  !“, regt Jonas sich auf. Kurz darauf schießt die andere  ein . Bald fällt sogar das 0:2. „Wir verlieren!“, stänkert Jonas. „Nur wegen dir!“

But the  saves it. “A  can play better than you!” Jonas cries angrily. Shortly afterwards, the other  scores a . And then it’s even 0:2. “We’re losing!” Jonas complains. “And it’s all your fault!”

	goalkeeper		team
	bottle		goal

In der  geht der  zu

den beiden. „Wenn ihr nicht

zusammenspielt, wechsele ich

euch beide aus“, sagt er streng.

Johann und Jonas nicken.

Auf der  will keiner sitzen.

At , the  walks up to them both. “If you don’t play together, I’ll substitute both of you,” he says sternly.

Johann and Jonas nod.

Nobody wants to sit on the .

 half time

 bench

 coach

Dann pfeift der  wieder an.

Johann erkämpft sich den  .

Er ist immer noch sauer auf Jonas.

Trotzdem schießt er zu ihm. Jonas umkurvt den  . Das  ist leer.

Doch er spielt zurück zu Johann.

Then the  whistles again.

Johann manages to get the .

He is still angry with Jonas.

Yet he passes to him. Jonas runs around the . There is nobody in the . But he passes back to Johann.

	referee		goalkeeper
	ball		goal

Johann muss nur seinen 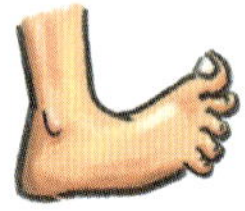

hinhalten. Und es steht 1:2! „Geht

doch!“, knurrt Johann. Jonas

streckt ihm die 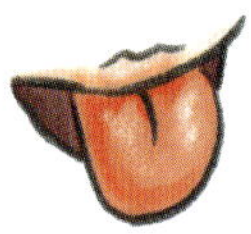 raus. Aber

plötzlich spürt er wieder  in

den . Jeder 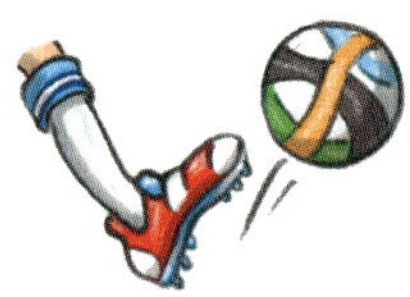 gelingt!

Johann only has to stick out his 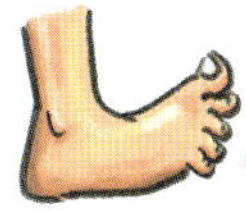.

And now it's 1:2! "There, you see!"

growls Johann. Jonas sticks out

his 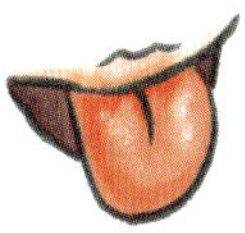 at him. But suddenly

he feels the  in his  again.

Every  is perfect!

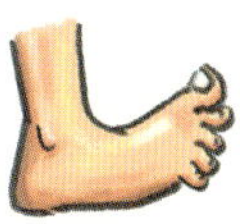	foot		legs
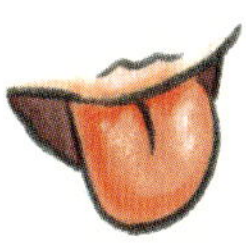	tongue	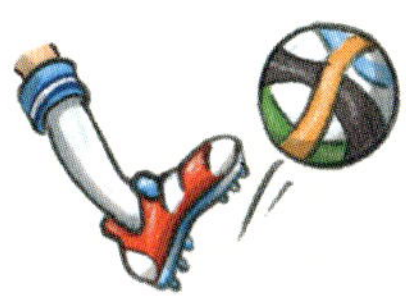	kick
	fire		

Bald steht es 2:2. Und dann rennt

Johann wieder alleine auf den 

zu. „Ob ich den reinmache?“, denkt

Johann. Da hört er Jonas schreien:

„Du machst das 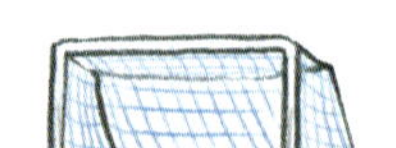 !“

Soon it's 2:2. And then Johann

runs alone towards the 

again. "Will I be able to score?"

wonders Johann. Then he hears

Jonas shout: "You can do it,

go for  !"

 goalkeeper  goal

„Du bist keine , du bist eine !“ Und Johann trifft. Sie gewinnen 3:2. Johann und Jonas liegen sich in den . Auch der  jubelt: „Jojo ist wieder da!“

"You're better than a , you're a !" And Johann scores.

They win 3:2. Johann and Jonas fall into each other's .

And the  cheers as well:

"Jojo is back!"

	bottle		arms
	rocket		coach

Die Wörter zu den Bildern:

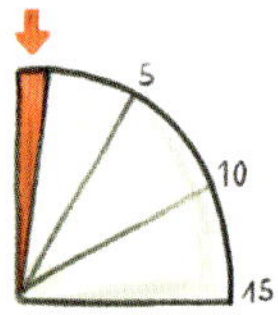

Minute

Spiel

Tor

Goldmedaillen

Mannschaft

Affe

Ball

Mittelkreis

Gepard

Beine

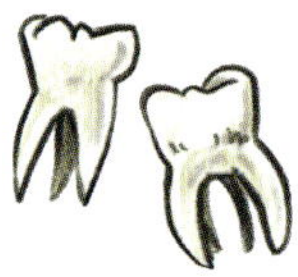
Zähne

Spieler

Torwart

Schuh

Strafraum

Schiedsrichter

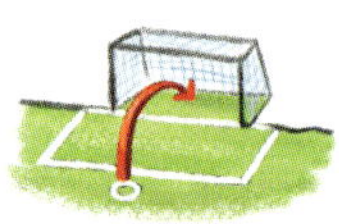
Elfmeter

Augen

 Elfmeterpunkt

 Pokal

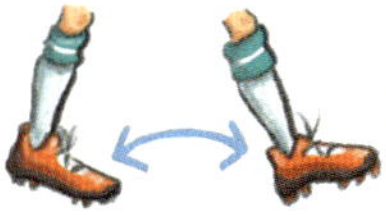 Schritte

 Pfau

 Freunde

 Fußball

 Trikot

 Matsch

 Flasche

Halbzeit

 Trainer

 Bank

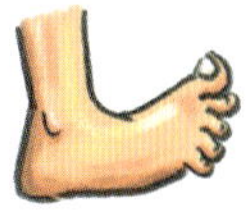 Fuß

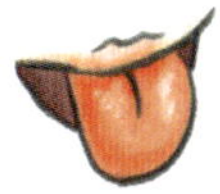 Zunge

 Feuer

 Schuss

 Rakete

 Arme